C E R E A L

U0826628

主　　编　Rosa Park
创意总监　Rich Stapleton
文字编辑　Richard Aslan

中文版主编　王菲菲
策划编辑　郝兰
责任编辑　刘杨
营销编辑　荣青
新媒体编辑　刘天怡

译　　者　张瑾
装帧设计　申亚申
封面摄影　Rich Stapleton

图书在版编目（CIP）数据

谷物. 16, 等待的艺术 / 英国 Cereal 编辑部编著；张瑾译. -- 北京：中信出版社，2021.9（2025.9 重印）
书名原文：Cereal 20
ISBN 978-7-5217-3297-9

Ⅰ. ①谷… Ⅱ. ①英… ②张… Ⅲ. ①游记-作品集-英国-现代 Ⅳ. ① I561.65

中国版本图书馆 CIP 数据核字（2021）第 131259 号

Cereal Volume 20
Copyright © Cereal Ltd. UK
All rights reserved.
Simplified translation rights © 2021 CITIC Press Corporation
Simplified translation rights are arranged with Cereal Ltd. UK through Amo Agency Korea.
本书仅限中国大陆地区发行销售

谷物.16，等待的艺术

编　　著：英国 Cereal 编辑部
译　　者：张瑾
出版发行：中信出版集团股份有限公司
（北京市朝阳区东三环北路 27 号嘉铭中心　邮编　100020）
承 印 者：北京利丰雅高长城印刷有限公司

开　　本：889mm × 1194mm　1/16　　印　　张：8.25　　字　　数：150 千字
版　　次：2021 年 9 月第 1 版　　印　　次：2025 年 9 月第 5 次印刷
书　　号：ISBN 978-7-5217-3297-9
定　　价：68.00 元

版权所有 · 侵权必究
如有印刷、装订问题，本公司负责调换。
服务热线：400-600-8099
投稿邮箱：author@citicpub.com

序

关于艺术与自然

到今天，我已经在英国连续待了287天。未来几个月没有离开旅行的计划，这意味着，到2021年1月19日，我就在英国待整整一年了。没有记错的话，我从来没有在一个国家连续住过整整一年。我的成长经历和职业选择让我一直四处奔波，那是一种漂泊的生活。现在我才意识到，我之前根本没想到还有其他的活法。2020年身体不能四处旅行的这一年，我的头脑却得到了解脱，四处漫游。

我跟许多人一样沉迷于自然。在英国巴斯的公园、花园、开阔的田野和林地间，季节更替如戏剧般迷人。那些光秃秃的树枝，在几个月后，居然覆盖上了天鹅绒般超凡美丽的紫色繁花，微风吹过，花瓣如雪飘落。我第一次对烹饪有了兴趣，春季在林子里找野蒜，夏天摘接骨木花，秋天则是苹果和梨。终于，除了吐司，我还能做出其他菜肴了，丈夫对我的进步既感到有趣，又高兴不已。

除了做简单的早餐，我还喜欢边享受悠闲的早晨，边浏览我收藏的艺术书籍。我不得不停止在网上刷新闻，以保持内心的平和。这样的早晨扫除了一切不美好。这样的早餐仪式是接地气的，不但因为纸书拿在手里有切实的分量感，而且它让我的身心全都参与其中。我会研究艺术家的创作过程或他们对文化变迁和各种主题的看法；当某个页面特别引起共鸣时，我会用手掌轻拂页面；我会想象站在那个雕塑、绘画或装置面前时会有怎样的能量传来——在这一年里，就是这样的想象激励着我。

在这个社会和日常生活动荡的一年，我通过艺术家和他们的作品来反思、发散，来转化、提炼我的现实生活。我希望这本《谷物》——围绕艺术和自然的主题——可以让您获得类似的治愈体验。

——**Rosa Park**

目 录

阅读书单

Ash James （摄影师）
Natives: Race and Class in the Ruins of Empire — Akala

Alvin Kwan （设计师）
Dezain no tegakari: Hasso no hinto ga kokoni aru — Fumikazu Ohara

Charlie Lee-Potter （作家）
Flit — Simon Armitage

Chris Gurney （摄影师）
The Old Man and the Sea — Ernest Hemingway

Elisha Kennedy （作家）
One Day I'll Remember This: Diaries 1987-1995 — Helen Garner

Hasse Nielsen （摄影师）
Det Europæiske Forår — Kaspar Colling Nielsen

Hosanna Swee （摄影师）
Less and More: The Design Ethos of Dieter Rams — Klaus Klemp

Ike Edeani （摄影师）
The Underground Railroad — Colson Whitehead

Iringó Demeter （摄影师）
The Black Female Body: A Photographic History — Deborah Willis, Carla Williams

Jared Frank （作家）
Twenty Minutes in Manhattan — Michael Sorkin

Julia Merican （实习编辑）
The World of Yesterday: Memoirs of a European — Stefan Zweig

Maciek Jeżyk （摄影师）
Najlepsze miasto świata: Warszawa w odbudowie 1944-1949 — Grzegorz Piątek

Matilda Bathurst （作家）
The Inheritors — William Golding

Nathalie Schwer （造型师）
The Sorcerer's Apprentice: A Memoir of Picasso, Provence, and Douglas Cooper — John Richardson

Nicolas Blandin （摄影师）
The Dollmaker (Spare Cots #1) — Stefan Lorenzutti

Ollie Horne （助理编辑）
Underland: A Deep Time Journey — Robert Macfarlane

R Aslan （作家）
No Turning Back: A Hopi Woman's Struggle to Live in Two Worlds — Polingaysi Qöyawayma, Vada F. Carlson

Richard Gaston （摄影师）
Me and White Supremacy: How to Recognise Your Privilege, Combat Racism and Change the World — Layla F. Saad

Robert Wood （作家）
Tao Te Ching — Lao Tzu, translated by Ursula K. Le Guin

Rory Gardiner （摄影师）
Blueberries: Essays Concerning Understanding — Ellena Savage

Rosa Park （主编）
Braiding Sweetgrass: Indigenous Wisdom, Scientific Knowledge, and the Teachings of Plants — Robin Wall Kimmerer

Tiffany Marie Tucker （作家）
Dreaming of Ramadi in Detroit — Aisha Sabatini Sloan

Yoshihiro Makino （摄影师）
The Unknown Craftsman: A Japanese Insight into Beauty — Sōetsu Yanagi, Bernard Leach

Vince Lo （设计师）
B.C. Binning — Abraham Rogatnick

吃

帕斯－卡桑冬梨

燃

Loewe 的甜菜根香薰蜡烛

听

Cereal 的播放清单（2015—2020 年）

收藏品 i　**贝壳**

one

1

从抽象通往自由

采访

托克瓦斯·戴森

文字

Tiffany Marie Tucker

摄影

Ike Edeani

托克瓦斯·戴森 —— 这是抽象作为一种形式、一种立场、一种政治观点出现。它带有革命性的深刻意图，是通过抽象生存下来的抽象。

2020年夏天，布伦娜·泰勒（Breonna Taylor）和乔治·弗洛伊德（George Floyd）的死，引发了轩然大波。人们同情无数死于国家暴力下的无辜黑人，美国等世界各地的许多人走上街头游行，要求正义。在“黑人的命也是命”这个口号背后，你能感受到人们那种想要看到真相、想要被看到的绝望感。他们不光是想要被当权者看到，也想让彼此互相看到。知道我们会为彼此的利益而战是非常重要的。如今，酷热的夏天已经过去，2020年的秋风渐渐袭来，我们身体和心灵上的伤痕还在。

如果你也像我一样，渴望重建自己的信念，就去看看托克瓦斯·戴森（Torkwase Dyson）的绘画、素描和雕塑吧，它们令人过目难忘。她的作品鼓励黑人同胞们，在为了正义而战的同时，也可以继承祖先的创造力，向内寻求解放。我通过视频采访了戴森，她通过一些问题，向我阐述了自己的艺术理念——“黑人现状的历史构成”。她提出的问题有：“跨大西洋运输的奴隶们是如何生存下来的？被打入另册意味着什么？无论沉默还是呐喊，我们能不能通过某种秘密的、微妙的方式，寻求哪怕是短暂的自由和解放？”

在探讨这些问题时，戴森展开讨论了一系列“黑人解放历程中的固化概念”。她用抽象的形状进行隐喻，灵感来源于亨利·“箱子”·布朗（Henry 'Box' Brown）等人的故事。亨利把自己装在木板箱里，逃脱了做奴隶的命运。在Instagram（脸书旗下的社交应用）与汉斯·乌尔里希·奥布里斯特（Hans Ulrich Obrist）的现场对话中，戴森解释道：“这些曲线、三角和矩形的概念与那些自我解放的奴隶紧密相关。布朗是矩形，哈丽·雅各布斯（Harriet Jacobs）是三角形，而安东尼·伯恩斯（Anthony Burns）是曲线。”在这些人之前，远隔重洋的非洲祖先，也曾在大航海时代为了避免被装船贩卖到美洲而不停抗争。

戴森出生在芝加哥。那里的黑人是大迁徙期间从美国南部迁来的，他们被限制在南芝加哥30个街区内居住。自然而然地，黑人历史和黑人为争取生存空间做出的努力一直是她关注的问题。戴森在陶格鲁学院主修社会学，辅修社工，直到大四她才选修了雕塑和绘画课程。戴森觉得，在一所历史悠久的黑人大学学习的经历，使她作品的视野能够扩展到全球范围的压迫和反压迫。她告诉我：“我学会了批判性地分析压迫体制，包括分析反抗资本主义、父权制和黑人歧视等。黑人大学最好的一面是允许你以自己为中心来理解整个世界，你才是需要被照顾、被理解的人，同时又让你对外部世界有一个清醒的认识。”

如今，她的艺术实践建立在大学时的课程上。她说："通过反思黑人现状的历史构成，可以为未来找到一个更好的视角。这是一种途径，来思考外观、材料、动态、标志物、不同视角和观点，所有这些都是'构成'的因素。而通过对历史上的活动、思潮和解放运动的反思，从近距离、中距离抑或远距离进行观察和研究，并把它们看作祖先留给我们的历史遗产，这能带给我们怎样的启发？"

有人将戴森的作品归入非洲未来主义者流派。这是20世纪90年代兴起的文化运动，通过异国情调的黑人美学、文化和科幻小说寻找希望，并因2018年发行的漫威电影《黑豹》重新流行起来。可是戴森连"未来"一词都不愿提及，为了把自己和非洲未来主义者区分开来，她只用F指代未来（future）。当她提到通过自己的作品她可以"看到更好的未来"时，戴森的意思其实是更好的现在。对于她来说，如今的我们时间观念已经崩溃。过去、现在和未来都是现在。她告诉我："现在，我更愿意向内看，我对历史、现在和F有一种忠诚感，我有信心黑人能在死亡、恐怖、酷刑，以及被歧视和屠杀的境遇中生存——因为有种内在的语言。这种语言让我们生存下来，告诉我们如何面对未来。现在，我可以将这种语言通过绘画表达出来，创作出我无法明确表达的作品。"

戴森希望她的黑人受众学会运用这种祖先创造的自我救赎的语言，并用它创造新的思想，帮助大家在当下获得自由。她说："我的一部分工作是了解之前发生的事情，并将它传承下去。我的目标是继续黑人已经有的实践，创造新的形式，使像你这样的人可以了解、接受。这是抽象作为一种形式、一种立场、一种政治观点出现。它带有革命性的深刻意图，是通过抽象生存下来的抽象。"

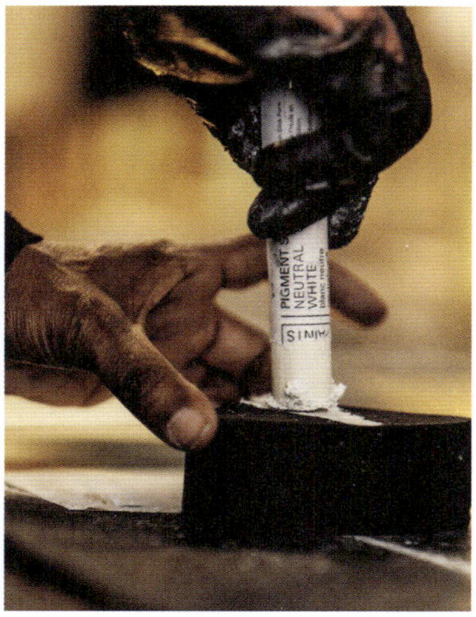

托克瓦斯·戴森在她的工作室

她对曲线、三角和矩形概念的运用源于那些寻求自我解放的奴隶们的故事。亨利·布朗藏在木板箱里得到自由；哈丽·雅各布斯躲在奶奶家屋檐下狭窄的空间中七年以逃避虐待；而安东尼·伯恩斯则将自己藏在弯曲船壳中，逃离弗吉尼亚，去波士顿寻求自由。

8.5 in x 11 in / 21.5 cm x 27.9 cm

《标量测试#1》，这是戴森在2020年8月的展览“鸟类与熔岩研究”中以圆圈为中心的一幅方形绘画。我一边看着它，一边思考如何用抽象语言来重建自己的信仰。对我来说，水平延伸的蓝色细线让人联想到佐拉·尼尔·赫斯顿（Zora Neale Hurston）在《他们的眼睛望着上帝》（1937年）中的地平线隐喻——一种可能性和扩展性。戴森说：“在我的作品中，地平线是一个构成要素，让你同时在形而上和形而下两个层面思考。”她观察到，我们的祖先是“海里来的人，在他们眼中，地平线就是自由，而他们中的很多人，却在船上想着那遥不可及的地平线死去”。结束通话时我问戴森，她最近在Instagram上发的一个帖子似乎是在暗指布伦娜·泰勒。那个帖子写道：“没有正义，只有解放。”她马上回答：“我也在谈跨性别女性，我说的是黑人女性的身体。

在当今主流观念下，为正义而战，是我目前所做的事情，但这不是我最终的信念所在。我们会一直为正义而战，直到真正的解放。”她的话让我找到了一种可能，重建我个人和我们作为一个集体失去的一切的可能。通过戴森的作品，我进一步理解了解放的可能性无处不在，因为我们的祖先已经在每一件事里看到了解放的机会。与其向别人寻求正义，不如向内，重建我的信念、我们的信念，询问自己在现有的结构之外能够创造什么，用已经赋予我们的语言来解放我们自己。•

two

2

虚空之物

阿尼什·卡普尔的幻象艺术

文字
Ollie Horne

摄影
Iringó Demeter

踏入阿尼什·卡普尔（Anish Kapoor）伦敦工作室的仓库大门，在我眼前呈现的景象一片狼藉。几个巨大的木托盘上有四处喷溅的红蜡。一件结构像楼梯的作品，上面散布着厚厚的深红如血般的东西。另一块布中央，有一团混乱的紫红色，有点像胎盘或其他什么神秘的人体器官。白色墙壁上到处都是铅笔的涂鸦。

“我把我的作品看作一种祭奠仪式。我正在地上处理血和肉体，就像杰克逊·波洛克（Jackson Pollock）一样，用棍子和油漆将自己的身体涂在画布上。但与波洛克又不一样的是，这些作品会一直平铺在地上，就像祭奠仪式那样。”卡普尔微笑着说。他戴一副黑框眼镜，身穿黑色羽绒服、黑色牛仔裤和大红运动鞋。他讲话字斟句酌、深思熟虑。“人类学家说，所有文化都源于血液。女性、分娩、经期这些概念很吸引我。人类起源于血液，血液是身体的起点和终点——我是个印度人，所以我很关心这些。”他说完大笑起来。

卡普尔出生在印度孟买，母亲是伊拉克犹太人，父亲是旁遮普的印度教徒。他在北阿肯德邦的杜恩学校就读，那是一所常春藤－伊顿风格的男生寄宿学校。年轻时他去过以色列，和兄弟一起在集体农场工作过一段时间。1973年，他从以色列搭车前往英国，就读于霍恩西艺术学院，此后一直在英国生活、工作。从那时候开始，卡普尔代表英国参加过1990年的威尼斯双年展，完成了很多备受瞩目的公共雕塑作品，例如芝加哥的云门（2006年）和伦敦奥林匹克公园的安赛乐米塔尔轨道塔（2012年），并在泰特现代美术馆的轮机房大厅、巴黎大皇宫和伦敦皇家艺术学院办过个展——他是首位在伦敦皇家艺术学院举办个展的在世艺术家。1991年他被授予特纳奖，2013年被授予骑士勋章，常年位列“英国1000位最富有的人”榜单，他还经常登上Instagram富有争议人物的热搜榜。明天是阿尼什·卡普尔的66岁生日，他是整个艺术领域最重要的人物之一。

我们穿过工作室，路过一个身穿白色工作服、正蒙着面打磨大型石雕的助手，进入另一个房间，那里展示着卡普尔的圆形凹面镜作品。这是20世纪90年代以来卡普尔作品的重要组成部分。各种版本的“天空镜”已经在全球范围内展览，其中包括诺福克郡霍顿庄园举行的卡普尔个展——那里展出了一个直径5米的大圆盘，它放在一栋庄严的房子整洁的草坪上，像是一个向云中开放的超现实门户。

卡普尔工作室里的镜子有绿色、黄色和紫色的，有些是完全反光的，有些则是半抛光的，表面上有一层颜料，绘画的图案与反射光混在一起。站在这样的镜子面前，镜子上会有一个奇怪的幻影，似乎来自镜子阴影深处的世界。镜子的凹度也使它反射的东西变得怪异，房间上下颠倒，随观看者的接近影像被渐渐放大。路过第一个镜子的时候，我以为一个大家伙正向我猛冲过来，本能地往后退，而其他几个镜子却好像沿着墙大幅度地跳跃过来。这样的观赏体验又有趣，又让人有些头晕目眩。

卡普尔说：“传统绘画就是挂在墙上的图像，还有图像背后深层空间给人的错觉。凹面镜在前方的某个点创造了一个空间，它会向你扑过来。我在镜子上画画，是想把传统的绘画和镜子融合起来，向前和向后创造空间。它是一面镜子，又是一幅画，与观看者玩一个互动游戏，观者在作品中，又改变了作品的形式和颜色。”卡普尔转向他身后的绿色镜子，他的话音突然被放大，好像直接在我的耳朵里说话一样。他继续说：“我还对这种艺术的历史意义感兴趣。古典肖像画最大的挑战是让画里的眼睛与整个房间的观众对视。所有中世纪和文艺复兴时期的绘画从根本上都与上帝有关。关于眼睛的问题其实是在问：‘神在画中也是无所不知无所不在的吗？’我这些画了画的镜子跟古典绘画在这一点上是相似的，观者的身体和身体的位置对它是有影响的，并且这些镜子真的会在房间里跟着你。我认为它们是一种新颖的绘画形式。”

楼上的阁楼里散布着似乎没什么特别的黑色二维绘画，每幅都装在一个玻璃箱子中，白色背景上画的是正方形、圆形或菱形。卡普尔说：“你在这里看到的是宇宙中最黑的物质。这是为国防工业开发的一种纳米物质，一种掩盖材料，用于隐藏各种侦察卫星和隐形喷气式飞机。几年前，我听说萨里纳米系统公司开发了这种名为梵塔黑的材料，就打电话问他们是否有兴趣合作。我们开始合作时，只能制造出直径几英寸的材料。过去的五年中，

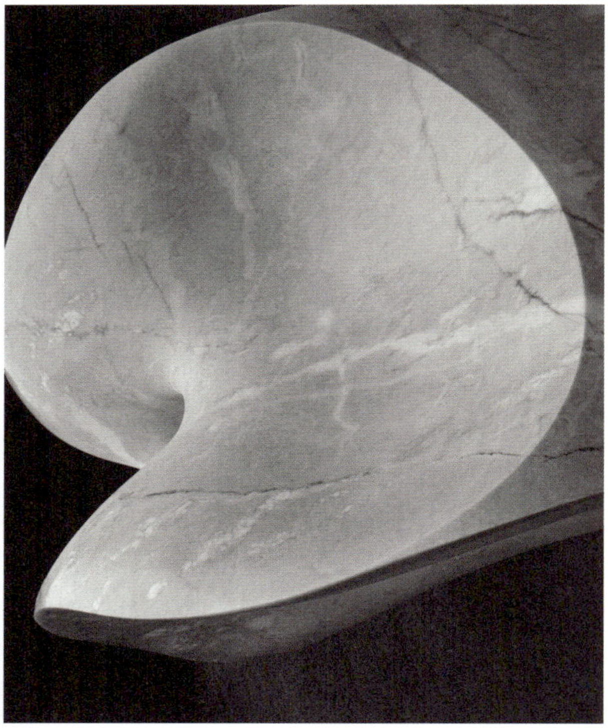

已经开发出一米见方的材料了，让我们拭目以待吧。”我想象着卡普尔那些规模巨大的作品——《利维坦》(2011年)、《马耳叙阿斯》(2002年)、《肮脏的角落》(2015年)——如果用这种材料会是什么样的效果。

卡普尔说：“这是一种技术含量很高的材料，不像随随便便从管子里挤出来的油漆。把这种材料喷涂到物体上，然后放入反应器。我不知道具体细节——这是高度机密，但构成这种物质的长纳米颗粒会像天鹅绒一样留在涂面。给你打个比方，如果每个颗粒宽1米的话，这个涂料的高度就是300米。因此，几乎所有照到它的光都会被这些纳米粒子捕获，无法逸出。这样便可以将99.8%的光都吸收掉。”

我走近第一个梵塔黑作品，白色背景中有一个黑色二维圆圈，圆圈被摆放在与我视线平行的高度。我绕着玻璃箱走动时，它变成了三维：像一顶黑色礼帽的帽顶跳出白色的边界进入了虚空中。我盯着三维形状的顶部，转到作品的前面，看着它完全消失在黑色的虚空中，那虚空既平坦又深不见底。我忍不住嘀咕：“啊？这是怎么回事？”简直让人难以置信。

卡普尔笑着说：“在某种层面上，几乎可以说这是一种把戏。某种意义上讲，它也的确是。但是谁说艺术就不能是非现实的呢？说不准深刻的现实就存在于非现实中。我在探索真实与虚幻、表面现象与幻觉上投入了很多精力。科学擅长描述很多事物，我们生活在一个几乎所有事物都可以被命名的世界中。只有在艺术中，某些事物才能保持深刻的神秘性和不可知性。”

我还在绕着那个梵塔黑的作品啧啧称奇，卡普尔说：“文艺复兴时期的艺术主要是用颜料让物体浮现出来。从这个角度讲，这些作品是相反的，它们让物体消失了。”这些作品还会让人联想到早期现代主义画家马列维奇，他创作出了伟大的作品《黑方》。卡普尔认为那幅画是一个至上主义的四维物体：我们知道的三维，加上非常神秘的第四维。这正是我现在心里想的：“这些东西具有其他维度。”他指着另一个黑色圆圈说：“那个物体，你根本走不到它的边上去，它是‘关闭的’。无论你站在哪里，都看不到它的形状。它要么是虚幻的、根本不存在，要么就是可以成为无数东西的存在。我们可以这么玩吗？当然可以，而且我们必须这么玩！”

我想到卡普尔1998年的雕塑《世界边缘》，它被永久陈列在比利时安特卫普郊外的阿塞尔维伍德画廊。它像一个巨大的穹顶悬挂在空中，刷着浓烈的红色颜料，当你从穹顶中心看，似乎它没有开始或结束。维伍德在他的回忆录《故事与反思》(2017年)中将这件作品描述为“对无限的一瞥”，并写道：“(卡普尔)能够将物体赋予虚空，用材料向我们展示非物质性是什么……通过向我们展示一个充满空虚的视觉图像来表达无限的概念。”这段话也非常适用于这些梵塔黑作品，在撰写本文时，它们尚未向公众开放。

我和卡普尔在工作室的办公室坐下来，我的大脑感觉似乎突然向各个方向伸展之后又重新合拢了回来。我的脑子里闪过一个有意思的念头，我可能永远无法真正理解刚才在房间里看到的梵塔黑作品。“就像爱丽丝进入了兔子洞，我的创作也不断地回到这一点上来，虚幻的物体、镜子，以及这些东西如何混淆了我们对空间的理解，”卡普尔说，“我所有的作品都来自实验，在完成之前我只是有个大概的概念。进入工作室，在实验的过程中，作品就产生了。整个过程中，有两到三分钟的时间，会突然出现一些完全出乎意料的事情，这让我想到：‘这是什么鬼？那是从哪里来的？’这些年来，从用纯颜料制作三维物体开始，作品自己慢慢地出现。然后有一天，我决定做一个碗，把它涂成很深的蓝色，挂在墙上。我不知道是怎么走到那一步的，但是它突然就变得很虚幻，这个深色物体也成了一个不存在的物体。”

他说：“我想这就是艺术家的本来面目：敢于跳进未知世界，保持坚定的信念。作为艺术家，我希望能自由地宣称：‘我根本不知道我在干什么，但还是要花一整天时间鼓捣鼓捣。’这是一种巨大的自由，是你要为自己争取的自由，没有人会主动给你这种自由。我深信这是发现新事物的唯一途径，不管这发现是多么微不足道。”•

three

3

一种仁慈

与埃德蒙·德瓦尔
对话

文字
Matilda Bathurst

摄影
Rich Stapleton

洛杉矶的清晨，天空是橙灰色，仿佛在抵抗着什么。现在是加利福尼亚的山火季节，太阳升起时又红又大，但很快会被天空中的灰烬遮挡。向东行驶一小段，圣加布里埃尔山上的大火正熊熊燃烧。市中心已经完全看不见山，只感觉到热乎乎不断上升的空气。

我一路上都在思考伦敦、家以及几个世纪以前塑造了这座城市的大火。山火吞噬一切，荡漾在屋顶和高处，发出震耳欲聋的吼声，像帷幕降下时响起的掌声。在洛杉矶，路上的车声掩盖了其他一切声音。而现在，因为早上有机会与一位摇摆在两个世界之间的艺术家对话，我觉得这里与家仿佛有一条奇怪而矛盾的界线。埃德蒙·德瓦尔（Edmund de Waal）的艺术可以理解为一种静止的表达——在沉默和克制的共同逻辑下创造出沉默的器皿。然而，这种静止也是内在不断运动的表现，它见证着流放和迁移、安置和改造的生命模式，而这些模式又塑造着生命之间的关系。

德瓦尔在他南伦敦的工作室里，我问他那里外面的天气怎么样。“到处都是一片金黄。”他说，“现在是下午4点，初秋的天气，我的工作室里非常空，看起来就像一个盛放光线的盒子。”

当德瓦尔给我介绍他周围的物件时，光线照进房间，空间有了形状。“我面前的这个桌子上有70来本关于巴黎的书。这是几块产自诺丁汉的雪花石，中世纪的时候，英格兰的雪花石主要用来雕刻宗教雕塑，但现在只有一个采石场还在运营了。还有几块亮晶晶的霍顿石，我用它做了几把椅子。这些碎瓷器，我在上面刻了中国诗词，镶上了金箔。这个1712年迈森产的茶碗纯净无瑕。还有这个青铜佛手雕，有长长的手指，我现在拿起来，你可以听听铜的声音。”

那个发出木头与金属撞击声的佛手，是德瓦尔作品的一个转折点。过去几个月，他做了一系列有特殊触感的容器等物件，对于一个艺术家来说这是一个有趣的转变，因为在展览中，观众通常不能触碰作品。德瓦尔作品的力量很大程度上取决于看不见的细节，陈列柜会有阴影和遮挡，观众只能远远地瞥一眼，碗底精美的金漆装饰可能永远都没有人注意到。烧制的过程一直是德瓦尔创作的中心环节，在

琥珀眼的野兔

除了艺术家这个身份外，德瓦尔还是名杰出的作家。他的家族回忆录《琥珀眼的野兔》（2010年）回溯了他的祖先以弗所家族的传说，结合祖传的日本挂件，通过世纪之交的巴黎、战前的维也纳和战后的东京，讲述关于失去、生存、流放和反犹太主义的故事。《白瓷之路》（2015年）探索了陶瓷的历史——从中国人发明它开始，到欧洲人对它的狂热需求，再到制陶的秘密。

埃德蒙·德瓦尔 —— 有一种仁慈，你能从陶土的质地，或者文字在纸页上的排列中体会到。然后是一直持续的制作过程，它是一种文学性的东西，将你带回过去。你知道你有的是陶土，做完一个瓷器，还有下一个瓷器要做，做完下一个，还有下下个要做。

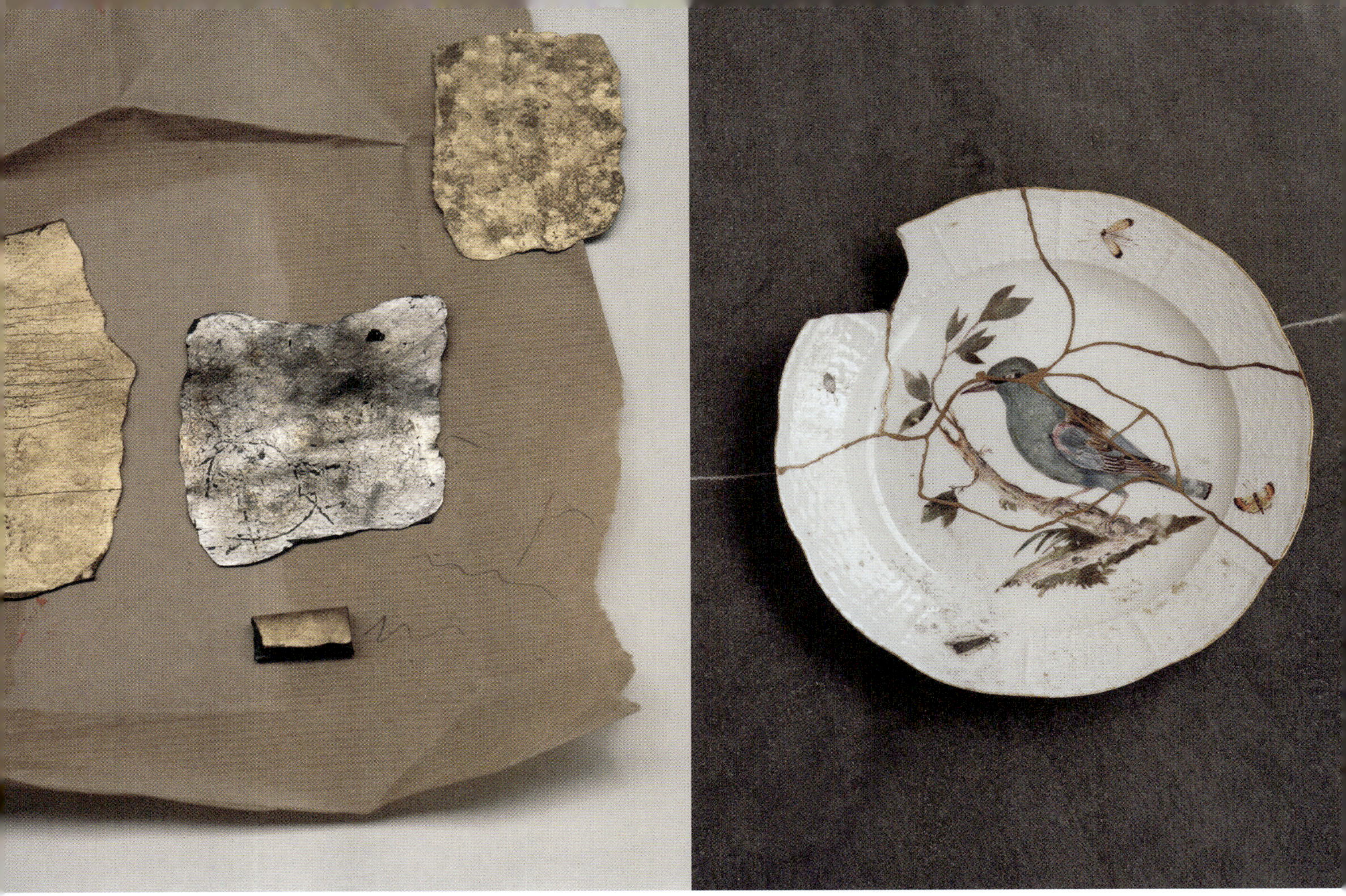

处理烧制成品时那些本能的反应，可以看出欲望本身便是一种潜在的知识。

“这段时间的隔离让生活减速，让我回到了很多年前的状态。”德瓦尔说，“我开始花时间做一些完全不为了展示，也不需要与其他作品有任何关联的作品，制作这些作品，只是为了能捧在手里把玩。我刚做了一个碗，上了好多年没用过的一种特别的黑釉。因为烧得有些过了，碗沿上有一个小小的金色断纹。它在窑里经过了历练，对我来说，当下最大的愿望是它能在别人的手中，被拿起来仔细端详。”

这让我想起了德瓦尔在一篇文章里说过的话：“这种退让不是从世界面前撤退。”这句话你怎么理解都行，在这样一个注重隐私的城市，它特别能引起我的共鸣。洛杉矶是个充斥着汽车文化的城市，到处都是独栋的别墅。这里可以实现投机者心中的梦想，每个人都可以拥有自己的一块土地，过上天堂般的生活。这种自由和画地为牢之间的悖论根植在这座城市的结构里，它影响了20世纪二三十年代从欧洲移民到洛杉矶的犹太作家和艺术家。德瓦尔在西好莱坞的辛德勒故居住过一段时间，他对这里的社区做过一些研究。“我觉得这种去异国他乡重新开始的概念很有意思，”他说，“移民们把他们对过去的不满和身份的不安全感也带来了，如果你以前在柏林讨厌谁，你到了洛杉矶还是一样讨厌谁。”

作为一个讲故事和编故事的人，德瓦尔对人类文化中的挫败和破灭感很有共鸣。它们可以积淀和精炼成美丽的艺术品：小挂件、书法、小说和交响乐。然而，正是在破灭和挫败中，生命不可阻挡地世代相传，推陈出新。这是一件多么令人惊叹的事。

金缮工艺

金缮，在日语里，字面意思是“与黄金结合”，它是一种传统技术，遵循尊重瑕疵的禅宗哲学，用漆和金粉的混合物修复破损的陶器。德瓦尔将这项技术用于德累斯顿的一个装置作品上，他还邀请日本艺术家舞子刚见用此技术修复一套18世纪的迈森餐具，那些餐具在1945年轰炸时被毁坏。

一切都得从当下开始，当下的地点，当下的时间。对我来说，当下就是在大火旁边、天空之下的这个房间；对德瓦尔来说，则是盛满秋天金色光线的工作室。我无法把空间转化成感觉，但是就像金缮工艺在裂缝上画一条线、改变一个物件一样，这个过程本身就是答案。

“有些材料和形状特别适合身体、手和手指来操作，”德瓦尔说，“有一种仁慈，你能从陶土的质地，或者文字在纸页上的排列中体会到。然后是一直持续的制作过程，它是一种文学性的东西，将你带回过去。你知道你有的是陶土，做完一个瓷器，还有下一个瓷器要做，做完下一个，还有下下个要做。制作的过程会把你带到一种境界，无关乎结果，只是一种积极的存在。”

仁慈。事物的实质，可触摸性。仁慈，一种破碎的状态，独立的可能和互相依靠的宿命。仁慈，从现实中产生，断裂与融合的中庸之道，亦是坚韧。它是某些可以被保留的物件，一页纸，一个碗，一件烈火中被重新锻造的器皿。•

four

4

坐 于 自 然 之 上

摄影集

摄影
Hasse Nielsen

造型
Nathalie Schwer

女模特
Maggie Maurer, IMG Models

男模特
Jeuru

服装
Cecilie Bahnsen

润色
The Color Club

five

5

头脑和感官的交响

安东尼奥·卡诺瓦
博物馆

文字
Julia Merican

摄影
Maciek Jeżyk

卡诺瓦颠覆并重塑了古老的手工艺传统，但对传统的尊重依然是他作品的基石。
斯卡帕对建筑结构的态度与这一观点相呼应。

在意大利蒙特格拉帕山脉中沿翠绿的特雷维索丘陵前行，从远处，甚至在没有抵达村庄之前，就能看到那个圆形的屋顶。那个绿色掩映下温暖的象牙色建筑，就是卡诺维安纪念堂，它是波萨尼奥的名人安东尼奥·卡诺瓦（Antonio Canova）最后的作品以及安息之地。卡诺瓦童年的家离纪念堂仅一箭之遥，简朴的灰泥房与万神庙式的卡诺维安纪念堂形成了鲜明的对比。在一片花园中坐落着有拱形石头大门的建筑，这里是安东尼奥·卡诺瓦的石膏雕塑博物馆，这是卡诺瓦对新古典艺术的赞歌，由他的弟弟乔瓦尼·巴蒂斯塔·萨托里（Giovanni Battista Sartori）于1832年建造，馆藏包括令人惊叹的未完成大理石雕塑、陶塑、蛋彩画以及石膏雕塑。

1822年，卡诺瓦去世后，萨托里将哥哥的大部分遗物从罗马工作坊搬到了波萨尼奥的工作室。这是卡诺瓦1779年离开家乡前往首都朝圣之旅的回归，在罗马他第一次见到了那些令他毕生着迷的古典作品。十年后，萨托里委托弗朗切斯科·拉扎里（Francesco Lazzari）在家族的土地上建博物馆。博物馆于1836年完工，拥有古罗马神殿式的天花板和落地窗，这让里面的三个展厅能够沐浴阳光。萨托里很有先见之明，他的决定挽救了随时间而日益面临毁损的珍贵文物，也为哥哥的作品和艺术发展创造了一个反思的空间。

卡诺瓦被誉为新古典主义风格的领军人物，作品有很强的希腊风格，又有惊人的现代性。作为对巴洛克式浮夸风的正面回应，新古典主义发展出了植根于古典主义的现代美学，同时反驳了对新古典主义过于冷酷和缺乏个性化的批评。他的艺术既不牺牲对称性，也不牺牲简单性，是阿波罗理性的杰作，又具有酒神般感性的张力，堪称头脑和感官的交响。也许是因为他的石膏雕塑具有纯粹之美，并

且大多数是宏伟的古典题材，当你走进博物馆，感觉宛如踏进圣坛。卡洛·斯卡帕（Carlo Scarpa）在1955年的建筑作品中也表达了类似的感觉。在卡诺瓦200周年诞辰之际，威尼斯政府邀请斯卡帕为博物馆设计了副馆。没有人比斯卡帕更适合这个项目，他毕业于著名的意大利美术学院，他的建筑作品总是与历史名作不断对话呼应。像卡诺瓦一样，

卡诺维安纪念堂

安东尼奥·卡诺瓦设计、出资并建造了卡诺维安纪念堂，把它作为自己最后的安息地。这座纪念堂以罗马万神庙为原型，卡诺瓦本来想下葬在那里，但是被拒绝了。随后他就开始建造自己的纪念堂。

《 美惠三女神 》

三个女神缠绕拥抱在一起。这是为约瑟芬女皇创作的雕塑原大还原模型，原作在俄罗斯艾尔米塔什博物馆的冬宫展出。

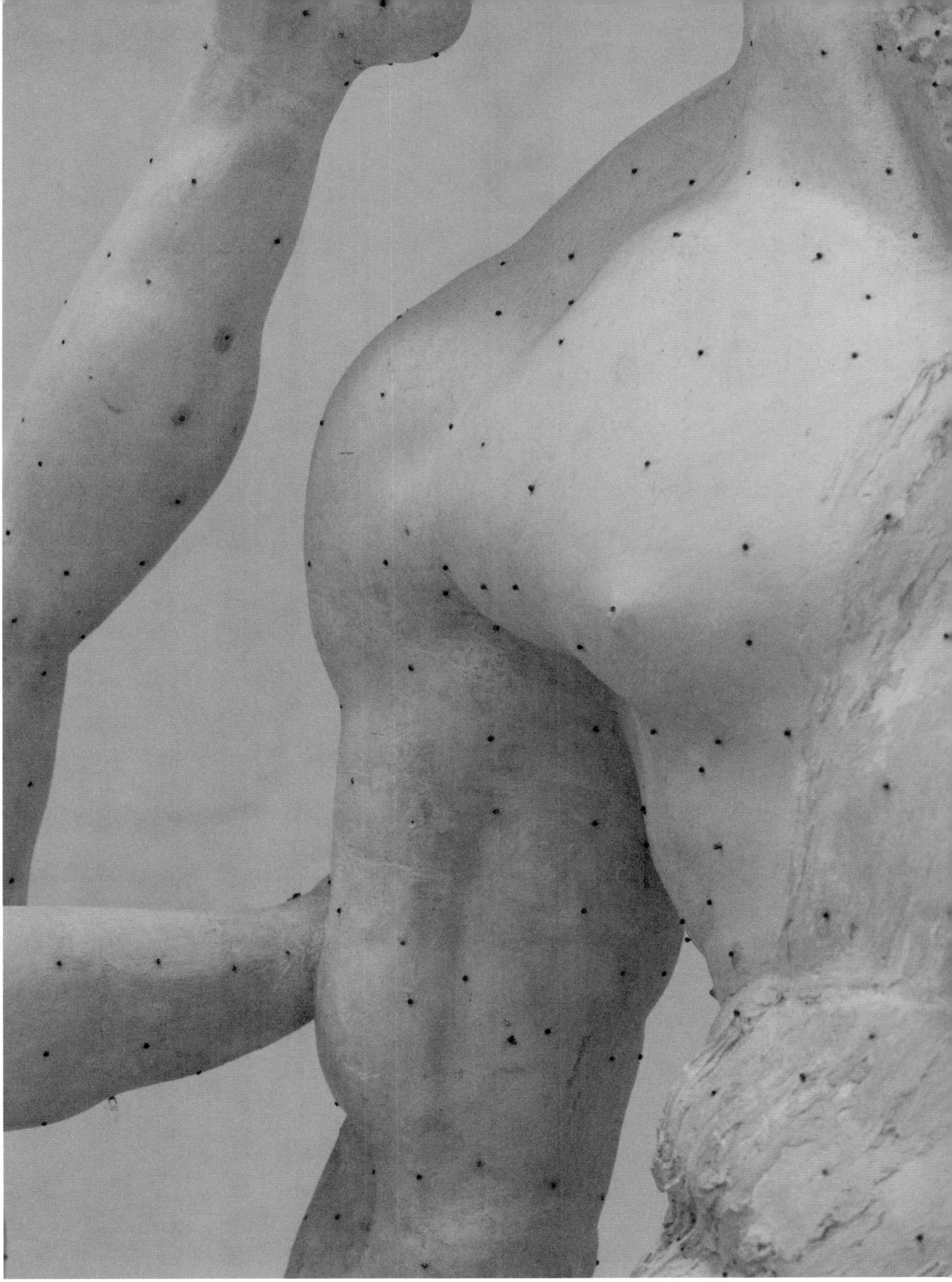

他也有一种优雅的威尼斯式品味，积极地传承了古典美学传统。像拉扎里一样，他对于整合空间和光线非常着迷。

斯卡帕的风格本质上是一种翻新。虽然并没有人限制他，他还是选择了礼貌的翻新，在不损害拉扎里设计完整性的前提下，对原作逐步进行了修改。副馆的体量相对较小，但作用不可低估。它占据了大殿前的一小块地，在拉扎里设计的建筑周围形成不规则的L形。矩形长廊的中心，是卡诺瓦著名的作品《阿多尼斯被维纳斯加冕》，在设计巧妙的屋顶天窗的光线下，石膏雕塑显得十分柔和。《美惠三女神》位于长廊另一端，专为约瑟芬女皇而作，描绘了欧律诺墨神三个女儿的细腻神态。这是卡诺瓦临终前第一个三维雕塑，三个女人雕塑身上都还留有很多黑点，那是为了测量，在石头上钉的钉子。这些整齐的标记却带来了奇特的装饰性，女性身体朴素的美与她们身上神秘的黑点之间冲突感非常强，本身就是一件矛盾对立的艺术品，展示了古典主义与现代性的碰撞，雕刻的过程被留在了石膏表面。

卡诺瓦颠覆并重塑了古老的手工艺传统，但对传统的尊重依然是他作品的基石。斯卡帕对建筑结构的态度与这一观点相呼应。将这些大师的作品集中在一个视觉空间中，真是一件壮举。他们每个人的作品都充满创意，同时用直觉响应已有的空间和传统，又对自己创作意图的本质提出质疑。对他们来说，魔鬼总是存在于细节中，卡诺瓦将动态的物理学融入了静态艺术，斯卡帕为了彰显这一点，巧妙地安置了天窗。这种温柔的甚至有意识的协作，很好地体现了新古典主义的精髓：回溯经典，推陈出新。•

six

6

石屋

一个
现代庙宇

文字

Jared Frank

摄影

Yoshihiro Makino

野口勇（Isamu Noguchi）不是婚生子，父亲是日本诗人，母亲是父亲的美国编辑。他的一生因种族主义而受排挤、监禁，在美国和日本都没有归属感。这种边缘化的境遇让他喜爱不停地旅行，在各种文化和艺术中寻找灵感。然而，他父亲的祖国，岛国日本始终对他有着巨大的吸引力。1964年，野口60岁，那时的他已世界闻名，正值他艺术成就的巅峰时期，他准备回到日本定居。他想在那里建自己的第二个家，还有能放得下大型石雕的工作室——他职业生涯的最后20年将在此度过。

后来，建筑师山本忠（Tadashi Yamamoto）将25岁的泉雅俊（Masatoshi Izumi）介绍给了他。泉雅俊后来也成了野口勇最得力的助手。通过泉雅俊，野口勇不仅找到了家，也找到了心目中的工作室。泉雅俊生于世袭的石匠家族。跟野口与家族里的人不打交道的情况相反，泉雅俊继承了家里的工作室、采石场和艺术收藏。泉雅俊的父亲将家族代代相传的传统工艺——从测量、切割，到石头如何在日式花园里摆放，悉数教给了他。遇到野口勇的时候，泉雅俊已经出徒，积累的经验足以胜任帮助野口完成难度很高的项目，同时他很年轻，对艺术还保持着开放的心态。

初次合作，野口就给了泉雅俊一个下马威。《黑太阳》（1967—1969年）用的是30吨重的巴西花岗岩做坯子，最终打磨成了12吨重的石头圆环。这个黑色的敞口石环，厚重而充满力度，在阳光下闪耀着光芒。石环中间的空洞看起来像是力量的源泉，仿佛在用重力将周围的物质扭曲。直到今天，它还在吸引着参观者前往西雅图志愿者公园。人们喜欢透过中间的圆环取景，照片在Instagram上广为流传，也是猎奇者关注的热点。

“这个形状看起来很简单，但做起来很难。”泉雅俊解释说。为了完成这个造型，野口花了很长时间，经常筋疲力尽，几近崩溃。泉雅俊家的作坊在日本高松市牟礼町，面积很大，一半放着各种石头，一半是花园，但都不适合野口大师的需求。于是泉雅俊、野口勇和山本忠一起商量，拆除并重建了一栋江户时代商人的住所，把它变成了野口勇的家。房子建成后，泉雅俊也想要建一栋自己的房子，野口的房子是木制的，泉雅俊想要石头的。于是他又找了山本忠，山本忠画设计图，泉雅俊把设计图里的木墙改成了石墙。在房子的中间有一根圆柱，柱身用的是当地的庵治石，而柱基是《黑太阳》中间切割下来的那块花岗岩。

这块废物利用的石头仍然保留着切割留下的累累伤痕，是整个房子承重的关键，也是精神核心，房顶上的那些细梁全靠这根柱子的支撑。在野口的要求下，房梁都漆成了红色，与笨重的石柱相比，这些木梁很是精巧。同伯纳德·鲁道夫斯基所著的《没有建筑师的建筑》（1964年）这本书、超级工作室（Superstudio）、塞德里克·普莱斯一样，这栋石屋是综合了晚期现代主义思想和设计的杰作。直到今天，石屋依然保持着永恒独特的1972[1]。野口给它起名叫“现代神庙”，真是实至名归。

桌子I（1970年）

由泉雅俊用玄武岩雕刻而成，被陈列在石屋的大房间里，上方是野口勇设计的阿卡里（Akari）纸灯。

1 1972年美国的普鲁特·艾戈住房被拆，被认为是现代主义建筑结束的标志。此用法应是借用来评价石屋的。——编者注

泉雅俊

石屋里的泉雅俊。他说："这是一个宁静的地方。走进这间石屋就像走进了山洞，而一旦迈出屋门，外面的光和空气的颜色都会为之一变，世界也变得不同。"

无题（2013年）

泉雅俊的大型玄武岩雕塑，位于石屋外东边。

阿卡里

野口的阿卡里纸灯，以日语的"光"命名。在参观了日本中部的岐阜市（以传统的纸质阳伞和灯笼制造而闻名的城市）后，野口从1951年开始创作这些标志性的纸灯。这个系列产品有100多个型号，从那开始，悬挂式的球形纸灯饰风靡全球。

大多数建筑都使我们远离自然元素和外面的世界，石屋却正好相反，它让人重新适应自然的节奏，成为地质和宇宙时间循环的一部分。到了晚上，唯一的照明设备是野口的纸灯，而白天，光线从开放的天窗里洒进来，落在粗糙的墙壁上。每天早晨，泉雅俊都会在地板上洒水，这是一种冥想的练习，日本人叫作打水。而他的妻子晴海则随季节变化在家里摆放野花和采摘的新鲜水果。“这让大家身心愉悦。”泉雅俊真诚地说，“这是一个宁静的地方。走进这间石屋就像走进了山洞，而一旦迈出屋门，外面的光和空气的颜色都会为之一变，世界也变得不同。”

屋外，一大堆经过切割的石头让人眼花缭乱。泉雅俊告诉我，没必要努力分辨哪些是成品雕塑，哪些是未成品。他说：“雕塑和石头随放置的位置、时间和观者的感受而变化。”与其想象它们在白色的画廊里会是什么样子，不如把自己摆到和石头平等的位置，“想想它们经历了多少时间，从它们的角度展望未来”。

时间是泉雅俊作品的核心，对他而言，时间很慢。在协助野口工作20年后，他又花了10年来完成已故老师的未完成作品。最后，在60岁那年，和野口老师与他初次见面时的年纪一样，泉雅俊把精力全部放在了个人艺术创作上。他的第一个个展“石头作品1”（Stone Works Ⅰ）于1995年在Japonesque画廊开幕。他的雕塑现已被许多博物馆收藏，包括芝加哥艺术博物馆和旧金山亚洲艺术博物馆。如今，82岁的泉雅俊仍然活跃在艺术舞台，作为传统石刻工艺和20世纪现代主义相结合的文化见证人，继续在21世纪创作。

1999年，野口去世11年时，他生前住过的房子被改建为日本野口勇花园博物馆。馆内展出的150多件雕塑中，许多“仍未完成”。然而，如果你去隔壁问问那个石匠，那个用自己的双手帮助野口勇创作了这些雕塑的人，你就会意识到石雕永远没有完成的那一天。石头总在变化，像他一样，也像你一样。•

图中的擦擦是手工制作品的一部分，其余的被放置在不丹当地的浮屠中。

seven

7

古今艺术博物馆

庆祝生命的无常

文字
Elisha Kennedy

摄影
Ash James

在澳大利亚塔斯马尼亚岛德文特河沿岸的砂岩峭壁上，矗立着古今艺术博物馆—— MONA（the Museum of Old and New Art）。它收藏稀有的古代手工艺品和有特色的当代艺术品。这座博物馆由收藏家戴维·沃尔什（David Walsh）创立，馆中的展出具有自觉性与颠覆性。日常活动和展览都提供自制的精酿葡萄酒，充满享乐主义风格，性与死亡的象征比比皆是。然而，除了策展人对震撼和敬畏的展览风格倾向，博物馆的建筑还有着精致的细节，与周围环境形成了强有力的对照。

从海上抵达博物馆的情形跟沃尔什设想的一样富有戏剧性。轮渡从霍巴特出发，终点是贝里代尔的河岸边。长满荒草的砂岩峭壁上，矗立着一个低矮的钢制堡垒建筑。山坡上有花园、露台、凉亭和广场，建筑物由钢、砂岩、混凝土和玻璃建造，没有多余的装饰，镜面一般的墙上有个入口，似乎暗示着里面是个光怪陆离的游戏世界。

总部位于墨尔本的景观设计公司奥古鲁斯（OCULUS）负责这个占地16公顷场地的改造，将这里的自然美景和复杂的建筑外形融合在了一起。澳大利亚著名现代主义设计师罗伊·格兰德（Roy Grounds）负责设计改造两栋老建筑——院墅和圆屋，现在是博物馆的入口大厅和图书馆。从那里，可以通过玻璃电梯进入展览馆内部，直达巨大幽深的砂岩走廊，再通往迷宫般的地下画廊。该设计由芬德·卡萨利迪斯（Fender Katsalidis）设计院构思，旨在让参观者恍入梦境，同时放松下来。这和传统博物馆导航清晰、标牌林立的风格背道而驰。在这里，博物馆的结构和墙仿佛是人体的皮肤和骨骼，容纳着各种艺术器官。博物馆中还有专门陈列解剖艺术、肉体欲望和衰败过程的展馆，人的身体是这里被瞻仰的主角。

古今艺术博物馆于2011年夏季首次向公众开放，开放已近十年。去年因为疫情已被迫闭馆。博物馆宣布临时关闭时，美国艺术家兼策展人基尔莎·凯切勒（Kirsha Kaechele，沃尔什的妻子）发起了胜利花园项目，开始拆除现有的草坪。没有了游客，草坪显得多余，她在上面种植蔬菜，并且鼓励大家都把空闲的室外空间用来种菜。沃尔什在2020年6月发表的一份声明中表示：“对于我们来说，任何一种未来都有可能。”其他博物馆可能把自己定位为永久性机构，古今艺术博物馆却意识到了自己的未来并没有任何的定数，沃尔什更是对此深信不疑。古今艺术博物馆位于海面上几米高的悬崖边，艺术收藏独一无二，它对于生命无常的理解尤其深刻，并把这种理念传递给了所有的参观者。•

跨水而居——德文特河平静的水面包围着古今艺术博物馆所在的半岛。

博物馆的钢、玻璃和混凝土外墙——由芬德·卡萨利迪斯设计院设计。

波谱馆入口（2018年）

查尔斯·罗斯（Charles Ross）设计

墙壁和天花板上安装的12个考顿钢立方体，让室内的白色墙壁上投射出变化的太阳光谱。这个装置位于博物馆的法罗斯侧翼，法罗斯侧翼属于永久装置，光线在这里变化交互，用古代亚历山大灯塔（又名法罗斯灯塔）为之命名。

eight

8

在大海和红树林附近

布鲁姆，

澳大利亚西海岸

文字
Robert Wood

摄影
Chris Gurney

目之所及，海洋是淡蓝色的，海浪在白色的沙滩上一遍又一遍地冲刷。海滩尽头是深红色的泥土，人们把它叫作品丹土。这一带的海岸线是沙漠与海洋交接的地方，附近长满了红树林。泥蟹藏在红树林的空洞里，涨潮的时候，澳大利亚肺鱼从海洋深处游进来，穿过树根之间的缝隙进入浅水区。陆地上，一只楔尾鹰正在盘旋着看袋鼠在棘刺草上跳来跳去。桉树在灼热的阳光下挺立，为蜥蜴和蛇提供了休息的阴凉。天上没有云，但傍晚的时候云会带来小雨，打在杧果树上，让杧果变得闪闪发光。在这宁静的小镇上，太阳日复一日照在淡蓝色的海上，杧果一季季地成熟，生命生生不息。夜晚，月亮顺着星星做的楼梯爬上夜空，银河被绘成了鸸鹋的形状。人们侧耳细听猫头鹰的叫声和蚊子的嗡嗡声，还有阳台角落绿色和金色树蛙微弱的吱吱声。素馨花、茉莉花和姜花的香气在微风中飘荡，淡蓝色的海洋现在一片漆黑，鳄鱼影影绰绰。牡蛎中的珍珠安静地待着，日复一日地等待，终有一天潜水员会到来，将其采摘，带到船上，沿海角一直航行到岸边。海浪在那里一遍又一遍地冲刷着。

水面上微风拂过，渔民们轻轻地拽着鱼线，等鱼上钩，等一个今天晚餐时可以讲给人们的故事发生。各种海鸟——海鸥、燕鸥等聚在附近，等着吃渔民们丢弃的东西。隐藏在贝壳中的形状各异、神秘而神圣的珍珠被找到，人们趋之若鹜。在淡淡的葡萄柚色的暮光下，它们在人们的手中变成粉红色。这些珍宝藏在水面之下，深海处的虾在它们的身边游来游去。地上到处都是贝壳，上面是大自然画的各种图案。沙丘上有蚂蚁匆匆而过，它们在金色的阳光中辛勤工作。影子越拉越长，湛蓝的天空下空气渐渐凉爽。该回家了，穿过海洋和红树林，就是归家的希望之路。

这个地方就是布鲁姆，其景色和人民都闻名遐迩。这座小镇在雅乌鲁语中叫作鲁比比，一直是土著、亚洲人和欧洲人休憩和聚会的地方。这里流传着各种故事，是个食物和文化的大熔炉。生活节奏缓慢悠长，文化与海洋息息相关。布鲁姆式的节奏让人打开心胸，内心宁静。多少双目如炬、脸上写满沧桑的水手、蛙人和牛仔曾在这里驻足安家，眼中闪烁着发财的梦想，四处寻找希望。还有出去闯荡过又回来的人、传教士和长老们，沿着布鲁姆四通八达的道路来来往往。当然，这里也有年轻人，身手敏捷，皮肤黝黑，从不担心未来。骆驼经过时，他们正在凯布尔海滩上玩球；他们在漫长的时光里舞蹈，嬉戏，爱和被爱，在蓝色海洋中徘徊，游弋，与之融为一体。所有这些人都在沙滩上留下了自己的脚印，潮水又将这些脚印带走，他们的踪迹消失在海洋中。即使是你，也一样会迷失在这片乐土。

一辆沙滩越野车沿着弯弯曲曲的锈红色车辙往前开，留下一缕品丹土的尘埃，一直开到了远处的地平线，车辙印看起来变成了一根细绳。这条路蜿蜒穿过整个地区，有只鹰在上方盘旋，向北而去。它上上下下，如蛇行般一直往远处飞着，知道不远的地方有落日可以观赏，有海浪等待追逐。绿影在车窗外闪过，车轮溅起的红色泥土，在车的侧面留下痕迹。那是这片土地留给人的一点记忆，提醒人们，前方还有探险在等待，潮汐会带你去到离星星更近的地方。目之所及是淡蓝色的海洋，海浪在白色的沙滩上冲刷，一遍又一遍。•

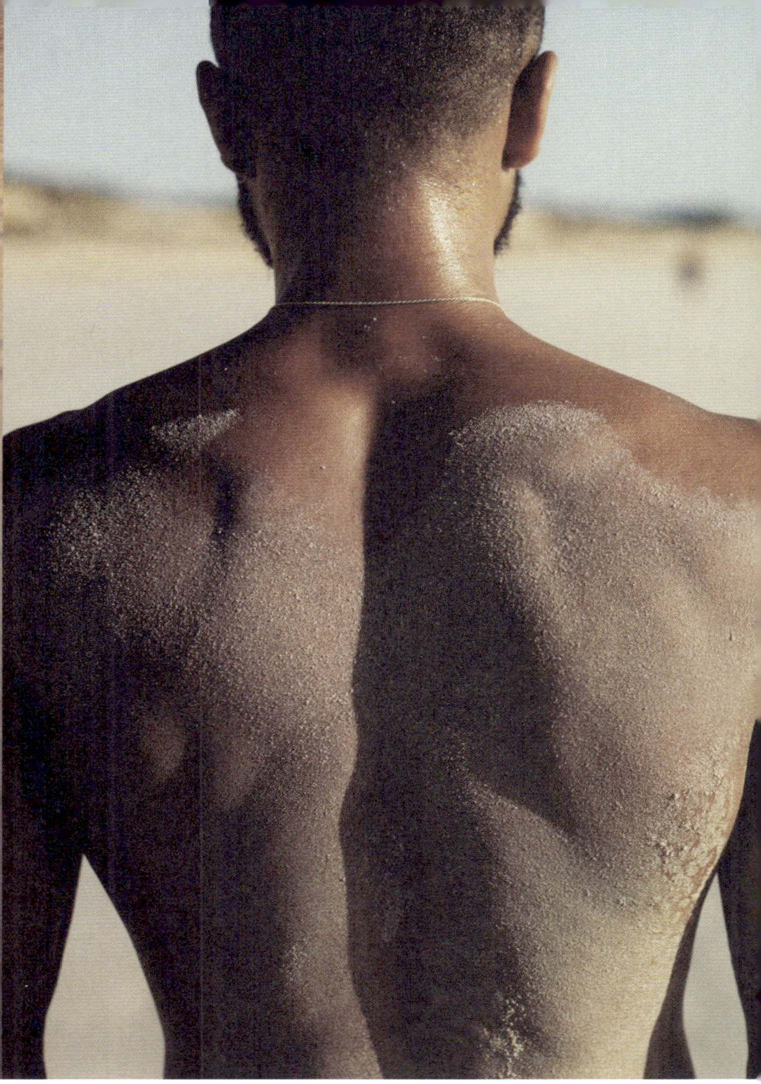

nine

9

秋水长空

杉本博司的
江浦瞭望台

文字
Ollie Horne

摄影
Rory Gardiner

杉本博司 —— 建造这里是为了使人们在视觉和心理上与古人类的记忆重新建立联系。

杉本博司在江浦瞭望台外面。与他的作品的哲学内省风格相反，据说杉本爱说笑话，特别是双关语。他在纽约的工作室名字叫“Door Four”，取自日语“doaho”，大致可以译成“白痴”。

日本摄影师杉本博司（Hiroshi Sugimoto）一直以来都对时间的流逝特别感兴趣。他的系列作品“狄奥拉玛斯”（*Dioramas*）从1974年开始创作，历时40年，拍摄的是动物和早期人类肖像做成的蜡像。这些蜡像定格在博物馆里的史前场景中。其他系列的时间跨度也都很长，“剧院”（*Theatres*）系列是长时间曝光的电影院内部场景，银幕上的电影定格为银色光线，照亮一排排的空座位。但关于时间主题最具象征意义的是“海景”（*Seascapes*）系列，照片在全球范围取景，需要两到三个小时的曝光，构图的中心是一片死寂的地平线，画面上一半是水一半是空气，暗示抽象的、永恒的海洋。“我喜欢想象文明启蒙之前，人类首次意识到自己是人类时，他们对世界的看法是什么，我作为现代人又与他们的看法有什么不同。”杉本博司在2018年接受路易斯安那现代艺术博物馆采访时说，“我想知道哪些风景在他们和我们眼里是一样的。在陆地上，人类已将大部分森林砍伐殆尽，改变了它的面貌。我想，也许在海上看到的风景还跟他们那时看到的差不多。”

在杉本博司的创作中，重塑史前人类视角是作品的核心。江浦瞭望台（Enoura Observatory）位于日本小田原市郊，距东京约一小时车程，是他的小田原艺术基金会所在地。整个建筑由新材料研究实验室建造，该实验室由杉本建筑事务所与建筑师坂友智之（Tomoyuki Sakakida）于2008年共同创立。里面有美术馆、观景台、能剧舞台、茶室和一些辅助设施，瞭望台坐落在箱根山尽头陡峭的山坡上，被竹林和橘子树围绕，俯瞰着宁静的相模湾。

瞭望台本身的景观设计很有艺术感，它的内部更是一个艺术和文化中心。由玻璃和石头建成的长廊有100米长，一头立在坡顶，一头指向大海。长廊的最后几米是悬空的，站在上面，可以俯瞰瞬息万变的海景。夏至那天早晨，画廊与升起的太阳在一条直线上，第一缕阳光在几分钟里慢慢地照亮整个长廊。长廊的下方有一条70米长的铁锈红色钢制通道，和长廊交叉呈“X”形，在通向大海之前切入地下。通道尽头在悬崖上开出一个窗口，冬至那天正对着日出的方向。通道另一端，一块锯齿状的老石板直直竖立，等待着抓住太阳的光线。通道上方是光学玻璃制成的能剧舞台，下面用日本扁柏制的框架支撑，周围环绕着仿费伦托的罗马圆形石头剧场。透明的舞台边缘被冬日的低低的太阳照亮。“对日出和季节变化的认识是人类最早产生意识的诱因。”杉本博司写道，“建造这里是为了使人们在视觉和心理上与古人类的记忆重新建立联系。”

杉本博司还想象过，随着时间的流逝，未来的人类将如何与江浦瞭望台互动。2018年他曾对杂志*Casa Brutus*说：“我想建一座废墟，想象这座建筑1000年后衰败的样子。”杉本博司现在72岁，

瞭望台是他留给后人的遗产。这座建筑里有他毕生最重要的作品，夏至长廊里陈列着“海景”系列的作品，还有用15世纪建造江户城堡时采的石头建的石头房子，里面陈列着他喜欢的化石。但是，如果历史将他遗忘，他觉得也不算是个坏事。他说：“从某种意义上说，如果人们感受到的只是这个地方的存在，没有创造的痕迹，那也是件美丽而浪漫的事。”

一千年后，夏至长廊的屋顶将不复存在。东墙上的那些玻璃可能早就碎了，剩下的则被藻类和苔藓所遮盖。或许灌木丛会盖住冬至长廊的地下隧道，或者正相反，山坡可能完全没有了植被，竹林和橘林都消失了。但永远保持不变的是海湾的景色，以及地平线将海与天完美地一分为二的画面。•

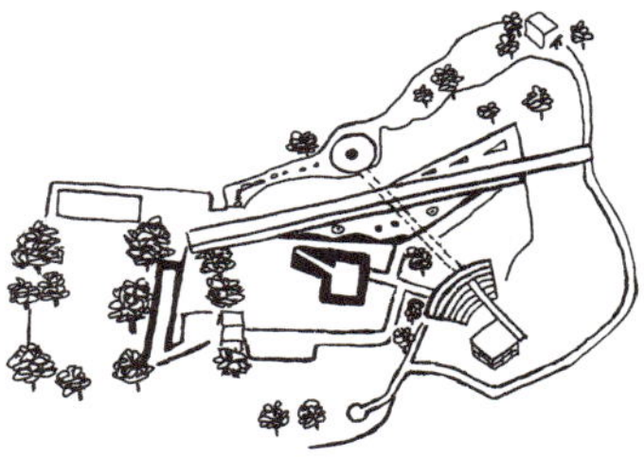

江浦瞭望台的总体规划图。长长的夏至长廊与较短的冬至长廊相交，后者穿过罗马圆形剧场，从玻璃能剧舞台的下方和左侧通过。

ten

10

勒 · 柯布西耶中心

一个
现代主义艺术馆

文字
Ollie Horne

摄影
Nicolas Blandin

通往小露台的圆门，弧形的金属栏杆和长凳让人联想起船甲板。头顶上是悬挂的钢制屋顶。

勒·柯布西耶中心（Pavillon Le Corbusier）的前身是海蒂·韦伯博物馆（Heidi Weber Museum）。该博物馆由瑞士设计师海蒂·韦伯设计，1967年完工，这是他1965年去世以前最后一部作品。海蒂·韦伯既是设计师，又是收藏家，他委托勒·柯布西耶在瑞士苏黎世湖畔草木葱茏的塞费尔德的社区建一个博物馆，用来收藏他所有的作品，包括雕塑、绘画、他与夏洛特·佩里安（Charlotte Perriand）和皮埃尔·让纳雷（Pierre Jeanneret）合作的作品，以及私人收藏的艺术品。

展馆由两个部分组成。上面一部分是两块钢板（一个凹面，一个凸面）搭起来的分体式屋顶，位于主廊上方，由钢柱支撑。下面的画廊是钢结构，预制金属板墙面，用两万颗钢螺栓固定在一起，外墙用鲜艳的瓷漆珐琅板，内墙是木制内饰。博物馆遵循勒·柯布西耶的人体测量模块系统，每块面板都以人体的舒适体验为标准，经过精确测量。勒·柯布西耶晚期大部分作品的主要特征是未加工的混凝土，这个金属结构的建筑是一个例外，即便他的标志性的清水混凝土（béton brut）出现在从地面到屋顶露台的坡道上，和建筑中间雕塑感十足的之字形楼梯一起连接着展馆的所有四个楼层。

这是一栋真正的整体艺术作品，建筑师关注到了房子的每个细节——从大旋转门到沙漏形铜把手，再到弧型金属长凳和露台上的甲板栏杆。2019年建筑师西尔维奥·施梅德（Silvio Schmed）和亚瑟·吕格（Arthur Rüegg）对博物馆进行全面修复以后，它成了勒·柯布西耶对现代主义历史贡献的美好纪念。•

eleven

11

等待的艺术

新加坡机场

澳航头等舱休息室

文字
Charlie Lee-Potter

摄影
Hosanna Swee

凯恩工作室为澳航设计的定制餐具，摆在大理石桌面上。上方的装饰是带孔橡木板，这是对新加坡传统藤器的致敬。

樟宜机场新的澳航头等舱休息室形状狭长，像一台优雅的弹球机。你可以把自己想象成一个镀铬球，从入口处的启动门出发，滑行，旋转，在这个空间里流畅地向前。这里找不到任何尖的边边角角，全部是流线型大理石、弧形的铜和饱满优雅的皮革。它由凯恩工作室的设计师戴维·凯恩（David Caon）和阿金工作室（Akin Atelier）的何凯文（Kelvin Ho）一起设计，完美诠释了等待的艺术。这不是2020年所有人都经历过的那种停滞不前、沮丧郁闷、在药房前面排长队或是等医院消息的那种等待，而是在一个舒适的避风港中任思想漫游、时间仿佛静止般的等待。在一个每天有100多架飞机起降，来往于100多个国家和地区的繁忙机场里，这种等待的享受堪称一项不小的成就。我从伦敦飞来新加坡，很快又得飞回去，但那四个小时的幸福时光，给了我宁静和抚慰。

用手轻拍那些光滑的大理石，摸一摸太妃糖色的皮革，然后靠在温暖的浅色橡木椅子上休息一会儿，也足够你享受几个小时的快乐时光。或者去餐厅的皮革椅上懒洋洋地坐下来，椅垫会发出轻微的嘶嘶声，只有弹性合适的皮革软垫才会发出这么让人满足的声音。这是戴维和凯文在休息室细节上的坚持，皮革坐垫“沉陷”的程度要非常适宜，客人起身离开后会留下恰到好处的一点痕迹才算完美。戴维说：“这个印迹证明我们用的是最好的皮革，而不是人造革。我们挑选的材料要能够经得起时间考验。”在今天的大背景下，使用寿命长和质量好的材料，似乎比以往任何时候都更让人安心。

根据法律，新加坡所有新建筑里都必须有绿植。凯文说：“我们本来就打算放很多绿植。我希望人们在这里感到似曾相识，不光是植物，还要有新加坡的精髓。比如，尽管不想使用传统的藤条，但我们还是用了橡木板来表现新加坡的风格。”闪亮的蜜色橡木板上均匀地钻了孔，像藤，又像电路板。“新加坡是一个有很大反差的城市，”戴维说，“有迷人的传统藤条和木器，也有带现代感的亮闪闪的装饰。我们使用了这种精髓，在设计的时候做了重新构架。”

在新冠疫情暴发之前，戴维和凯文就希望为客户设计“私密但不封闭”的空间。空间设计需要充满“微型舞台布景”。正如凯文所说：“好的设计会引导人的行为。同时我们也知道，客人进来的时候一般都很累。”想想机场航站楼里那些疲惫的时光，蜷缩在太小、太硬或间距太近的椅子上，头顶上霓虹灯发出绿色的光……澳航休息室会让你大喜过望：天花板上是勒克斯玻璃营造的模拟日光，这里没有自然光，窗户外面可以瞥见昏暗的安全区。天花板

A.
来自悉尼阿金工作室的何凯文和凯恩工作室的设计师戴维·凯恩一起设计了新加坡的澳航头等舱休息室。

B.
在休息室中，勒克斯玻璃和LED面板营造出天窗般的光线，仿佛可以抚慰人心。

C.
卡拉拉大理石桌台，有上面摆放着同样来自悉尼的亨利·威尔逊工作室设计的雕塑壁画。

D.
扶手椅边嵌置的定制侧灯发出的光亮，让人恍若置身家里的客厅。

A.

B.

C.

上如天窗般有着让人愉悦的蓝天和投下来的模拟日光，如同《音乐之声》里冯特拉普一家人头顶的天空。每个大理石淋浴间都有长方形的模拟天窗，每个休息室则有长达3米的奢侈模拟天窗。正如戴维所说：“平静和幸福是我们追求的效果，希望客人来到这里，就像身处沙漠中的绿洲。在模拟日光下五分钟的淋浴会给你带来宁静。我们正在参与一个研究，看日光能否帮助人们调整生物钟。在这里，我们帮助客人为下一段旅程做好准备，模拟日光的使用效果显著。”

我的下一段旅程将回到寒冷、灰色的伦敦早晨。在离开梦幻的模拟日光前，我在这里吃了晚餐。这里的餐具都是戴维定制的，餐刀看起来像微型飞机机翼，配上高雅的瓷器。菜单由澳大利亚大厨尼尔·佩里设计，融合了新加坡的街头文化与国际经典菜式。我选了水瓜柳和四季橘调味的黄油老板鱼，用餐的同时，我隔壁桌的女人在跟iPad视频里的孩子招手微笑。咧嘴笑着的孩子在屏幕上也挥了挥手。我吃一会儿，休息一会儿，再吃一会儿，这就是最美好的等待。•

D.

twelve

12

阿塔卡马沙漠

尘土遮盖的天空

文字
R Aslan

摄影
Richard Gaston

从天空俯瞰，它橘红色的肌肤像波纹般起伏着，两侧被高耸入云的山脉包围着。这里降雨稀少，某些地方甚至常年滴水不见。如果从空中降落在这里，我们可以假装自己是宇航员或星际飞行员。如果从地面起飞，不断上升，在空中徘徊，直到连汽车都小得看不见，那时只看得见灰尘、盐渍、石头，最后连这些都会被狂风遮蔽得一干二净。但这里又有种熟悉的归属感，这个陌生的地方似乎是我们世界的一部分，又似乎我们是这里的一部分，让人恍惚觉得也许这是我们乘坐的星际飞船。即使在玩这些想象游戏的时候，也要确保汽车引擎还开着，一小时之内就能回到安全的地方。火热的空气灼伤嘴唇，我们却还能够呼吸，这感觉也像是一个奇迹。我们艰难跋涉，到达高处，举目四望这惊人之美。在这空旷的四野，没有任何遮蔽，像一个只有外墙没有内部的房子。这地方浩瀚空旷到了令人窒息的地步，我们心跳加快，像得了一种特殊的幽闭恐惧症。

阿塔卡马

阿塔卡马沙漠东临安第斯山脉，西边是智利太平洋沿岸的洪堡洋流。在这个满是沙漠和岩石的高原上，有的地方每年降雨不足一毫米，是地球上最干旱的地方之一。极度干旱的气候条件使其成为火星探测器的理想试验场，晴朗的天空也为三个国际天文台瞭望宇宙提供了良好条件。

空。

这个字到嘴边，又消失得无影无踪。与其说是被风声掩盖，不如说是因为它太不准确。这个地方远非“空”字可以描述，只能勉强说，这里充满了空虚。说出空字的那一刻，它就变得毫无意义了。过去与未来之间如此难以区分，以至于当下也很难抓得住了。

我们知道这里是有生命的，有地衣、荆棘、木本植物，在看不见的地方，还生活着会呼吸的动物。它们躲在岩石下，或在沙子下一动不动地待着，身上包裹着硬硬的铠甲和鳞片。这里鸟倒有的是，呆呆地站在闪闪发光的盐碱地上。它们在头顶上掠过，总是忙着从一个地方飞到另一个地方。它们乘风而来，顺着气流上升滑行。我心里在想：它们是怎么来到这儿的？

这里还充满了光线。巨大的光束像张开的手指抚过地平线上排成一排的黄色山丘。光线变幻着，舞蹈着，无时无刻不在变化着，但又好似从未改变。光线追逐，旋转，停止，在你眼前耍着各种把戏，景色随之变化。一块碎石上的阴影，看不出是在一百码以外，还是一百光年以外。数以十亿计的尘埃颗粒浮在天空，和其他颜色混在一起，最后说不清到底是什么颜色，不是粉红，也不是橙色，更不是玫瑰或珊瑚色。或许是桃色，或是鲜嫩的鱼肉的颜色。这一切都是光创造的，在地面和天空之间，光线交错，地表被分割，破碎成复杂的形状。蜿蜒曲折的线，如被河水冲出的河床上的细泥沙，又如从蜿蜒起伏的沙丘表面吹到天空的尘土。

如果从空中降落在这片土地，我是否应该与你十指相交，在咆哮的风声中在你耳边低语，告诉你我感觉自己有多渺小？就像在海边，或是倾听森林的呜咽时感觉到的那样？也许，我们会谈起远航和港湾，探险和平安，企图用数字化的尺寸、规模，生命的转瞬即逝，来拼凑出对这里的感觉。又或者，我们只是站在沙丘上，双手埋在口袋里，凝视这无边无际的干旱之地。

月神谷

阿塔卡马沙漠的月神谷以其怪异的岩石、沙子和盐碱地而得名。几千年来，这里的地形被风雕琢，形成塔、洞穴和裂缝，山谷里干涸的盐湖表面布满白色条纹，这里看起来就像月球表面。

空。

沙漠不是空的，它比空丰富得多。相反，也许是在它面前，我变得很空，比以前更空，脑中有什么东西被清空了。如果我再放松些，它可能会清空我的一切。我可以站在这里看它，我能看到它，我甚至觉得能理解它，或至少理解部分的它。然而，就算沙漠能看到我，或者理解我，它也没有露出任何的痕迹。•

thirteen

13

巴 塔 哥 尼 亚

大陆尽头

文字
R Aslan

摄影
Richard Gaston

巴塔哥尼亚山脉在美洲大陆的尽头，北部的乌因库尔断层将其与潘帕斯草原隔开，山脉向东延至大西洋，西至寒冷的洪堡洋流。这个常年被大风扫荡的高原向南延伸至冰原和火地岛的岛屿，智利和阿根廷的边界将它分成一大一小两半。除了美国和加拿大，俄罗斯和哈萨克斯坦边界，这是世界上第三长的国家边界。虽然巴塔哥尼亚只有十分之一位于智利境内，但这里的地形更多样化，植物更繁茂，野生动植物更丰富。巴塔哥尼亚东部是广阔而平坦的带状火山平原，部分地区很干旱，几乎没有植被，它一直延伸到安第斯山麓，形成一系列陡峭的悬崖。在智利巴塔哥尼亚高耸的岩壁以西，绿色的山坡逐渐下降，形成狭窄肥沃的沿海平原。如果说东巴塔哥尼亚的关键词是干旱，那西巴塔哥尼亚的关键就是水。山峰和山谷里有大量降雨，无数的小溪和河流在陆地上冲刷出许多河道、入海口、小岛和峡湾。

百内国家公园

百内国家公园（Torres del Paine National Park）占地超过18.1万公顷，位于智利16个行政区中面积最大、位置最南和人口密度低的麦哲伦－智利南极区境内。它建于1959年，当时叫格雷湖国家旅游公园，后因园内森林与草原之间的陡峭花岗岩山峰而于1970年更名。这里著名的“托雷峰三塔”——达戈斯蒂尼峰、中央峰和蒙齐诺峰——包围着一系列湖泊，包括格雷湖、佩霍湖和诺登斯克约湖，以及南部冰原的格雷冰川。41个国家公园占据了智利超过五分之一的领土，而百内国家公园是智利最大、参观人数最多的国家公园之一。它的西部是贝尔纳多·奥希金斯国家公园，这个国家公园附近还有拉古纳·圣拉斐尔和卡威斯卡国家公园以及卡塔利克斯国家保护区。

栗色羊驼、羊驼和美洲驼，天啊……

巴塔哥尼亚的高原和山脊上点缀着栗色野生羊驼群。与美洲驼、骆马和羊驼一样，栗色羊驼是安第斯山脉四种血缘关系密切的骆驼科动物之一。人们认为它们起源于北美平原，但已经在那里灭绝。这四个物种都是群居和草食动物，适应高海拔地区的生活，有独特的结构性红细胞和偶数蹄。这四种动物都产毛，肉也可以食用。它们高兴的时候会发出哼哼唧唧的声音，要是你惹了它们，它们还会向你吐口水。栗色羊驼是这四种中最稀有的一种，由于商业畜牧业的发展，其种群数量日益减少，容易受到人类捕猎活动和自然栖息地减少的影响。遗传分析表明，栗色羊驼的种群数量和体形是四个物种中最大的，还是驯化美洲驼的祖先。而体形较小，更优雅的小羊驼则是驯化羊驼的野生祖先。虽然从遗传上讲，美洲驼和小羊驼各自有自己的祖先，但它们之间的相似性更大。美洲驼和小羊驼都体格强壮，毛很密，毛色从白色、灰色到棕色、黑色不等，有些还有斑点。相比之下，野生的栗色羊驼和小羊驼的体形更优雅纤细，毛色光滑，一般为浅棕色，隆起的肚子为白色。野生羊驼很害羞，遇到危险会躲在羊驼群里一起快速奔跑逃开。

栗色羊驼与驯养的美洲驼血缘关系很近，而栗色羊驼的颜色比较单一。美洲驼的毛色有白色、灰色、棕色和黑色，而栗色羊驼通常背上是棕色的，腹部是白色的，脸是灰色的，体形比跟它毛色类似的小羊驼要大。

A　　B

C

A.

在格雷冰川的边缘，冰与格雷湖汇合。冰川是南部巴塔哥尼亚冰原的一部分，最宽处6千米，最高30米。

B.

沿着诺登斯克约湖眺望佩霍湖。

C.

南青冈树的树冠。因为叶子长得像北方的山毛榉，也称为南山毛榉树，其实是两种不同的树种。

安第斯秃鹰

威严而长寿的安第斯秃鹰，它的翅展比世界上任何狩猎鸟的都宽，因此远近闻名。最近的研究表明，它们非常擅长驾驭气流，起飞时几乎不需要拍打翅膀，可以一次翅膀都不扇就滑翔160多千米。有关秃鹰复杂而具有文化意义的传说如此之多，以至于这种鸟真实的情况倒鲜为人知。从北部的哥伦比亚和厄瓜多尔，到安第斯山脉中部的秘鲁和玻利维亚，南部的智利和阿根廷，秃鹰涉足之处的各个国家，都视其为国家的象征。安第斯秃鹰出现在玻利维亚、智利、哥伦比亚、厄瓜多尔和秘鲁等国家的纹章上，在安第斯土著艺术中有着数千年的历史。•

收藏品 iii　**天然石塑**

fourteen

14

传 承

许允英个展，
弗朗西斯画廊

文字
Ollie Horne

摄影
Rich Stapleton

“传承”是许允英（Yoon-Young Hur）在弗朗西斯画廊（Francis Gallery）的首个个展，灵感来自韩国传统器皿、有机陶瓷，以及用韩纸、石膏、亚克力和胶水完成的画作。“传承一词有多重含义，对我来说，它既与韩国传统艺术和手工艺相关，也与现代艺术流派单色画派相关，后者对我影响很深。传承也可以与自然和环境相关，我的作品也深受这些因素的影响。”许允英说。

将陶瓷艺术扩展到韩纸领域对许允英来说很自然。韩纸有黏土一样的可塑性，在韩国传统中占有重要地位。韩纸的呈现形式多样，从如粗陶般粗糙的表面形态到形似山脊、波浪和山峰的画布，不一而足。在韩纸上创作，纸纤维被刷子刮起，绘画的笔触具有了微妙的、如浮雕般起伏的变幻。韩纸由桑树的内皮制成，与水混合时纤维变得松散，一旦改变形状，可以用石膏和胶水来固定。“韩纸具有这种极具雕塑感的质感。韩纸作品中也有一种空无感。在韩国传统中，空无被认为是一个有生命力的空间，似乎在与作品之外的事物对话。我认为韩纸与其他作品的配合非常重要，哪个都不是决定性的因素，它们共同创造了一个空间，让周围的环境成为主要焦点。”许允英说。

许允英在她的尝试中使用了陶瓷材料等，包括红土、斑驳的绿釉、瓷片和金箔。这些作品借鉴了韩国的传统作品，例如朝鲜时代的月亮罐和早期的陶瓷。“传承”中的“月云”系列没有使用韩国常用的制作方式，许允英将部分盘绕在一起形成整体，而不是两个半球拼在一起在窑中烧成一体。“泥条盘筑是一种古老的工艺，在世界各种文化中都有发现。它有一种更原始、更开放的精神，我想通过这些纹理和不完美的形式来表达出它的精髓。我觉得这样更自然、更真实。”许允英说。

展览中的粗陶器皿是许允英2019年系列作品的延续。这些作品具有斑驳的哑光绿色釉料，表面不均匀，看上去很浑浊，是用燃气窑烧制的，这种窑的加热不均匀。“燃气窑引入了一个不可测的元素，这也是陶瓷让我着迷的地方——我喜欢不受控制的部分。”许允英说。这些作品的灵感来自高丽时期（918—1392年）的古陶，特别是带有单独粗陶盖子的器皿，盖子下面的边是用金叶做的。“这些罐子在古代是仪式上作为礼物赠送的，”许允英说，“用来放蜂蜜或酒精——当时珍贵的商品。博物馆展出的许多古代器皿都没有盖子，因为大多数盖子被扔掉、丢失或毁坏了。我认为它与金叶相结合，增加了一个有趣的元素：你掀开盖子，金色就会露出来。非常微妙。”

韩纸做的器皿很脆弱。这种短暂的生命感对许允英来说很重要，如她所言：“我记得第一次在威尼斯看到单色画派艺术家尹亨根（Yun Hyong-keun）的作品，还有他在日记中写的‘地球上的一切最终都会回归地球，一切都只是时间问题’，这对我产生了巨大的冲击。他的作品承认物质的无常，提醒我们这个终极真理。我希望在我的作品中继续表达这个观点。”•

FRANCIS
GALLERY
francisgallery.co

纪念品

欧洲七叶树（马栗树）

七叶树的果实是季节的象征，在北半球，当七叶树叶子变红的时候，秋天就来了。然而，这些在立秋时节成熟落地的小球，摸起来很特别。如果你在树下停留，从地上的落叶中捡起一个，放在指尖之间滚动，就能感觉到它的律动和曲线。它的表面是植物果实特有的流畅弧形，像上了漆的红木般光滑。或许它的样子会触动你，你会带上它一起散步，你会感觉到它在布衣口袋中那轻盈的质地。或许它会陪伴你一路回家，在你收藏小东西的角落找到自己的位置。这是大自然赠予的纪念品，是平常又神奇的生命循环的见证。

CEREAL